D1395670

SPYRO

ET LES
MONSTRES GÉANTS

Cet ouvrage a initialement paru en langue anglaise
chez Sunbird Publishing, du groupe Penguin Books Ltd, en 2012,
sous le titre *Spyro versus the Mega Monsters*.
80 Strand, London, WC2R ORL, UK
© 2013 Activision Publishing, Inc.
SKYLANDERS UNIVERSE is a trademark and ACTIVISION
is a registered trademark of Activision Publishing, Inc.
All rights reserved.
Produced under licence from Penguin Books Ltd

© Hachette Livre 2013 pour la présente édition
Adapté de l'anglais par Martin Zeller
Conception graphique du roman : Julie Simoens
Colorisation : Sandra Violeau

Hachette Livre, 43, quai de grenelle, 75015 Paris

SPYRO

ET LES MONSTRES GÉANTS

LES **SKYLANDS**

Ces îles qui flottent dans les airs cachent de nombreux mystères... La magie est présente partout ! En passant d'un monde à l'autre, on y découvre des pays très différents.

LE **PORTAIL MAGIQUE**

Seul un Maître du Portail peut l'ouvrir. Avec ce Portail magique, on se téléporte où on veut en un éclair !

EON

Ce Maître du Portail est un grand sage. Il entraîne les Skylanders, et il a toujours de bons conseils pour les guider.

LES **SKYLANDERS**

Pour protéger les Skylands, Maître Eon a réuni les meilleurs guerriers. Chacun a ses pouvoirs, son élément, et ensemble, ils sont invincibles. Mais attention à l'horrible Kaos... Pour régner sur les Skylands, il a toujours des idées diaboliques !

ÉLÉMENT
MAGIE

✸ **SPYRO**

Pour maîtriser ses pouvoirs,
Spyro s'entraîne souvent ! Ce dragon
très courageux peut projeter de grosses
boules de feu pour combattre l'ennemi.

ÉLÉMENT
TECH

⚙ **DRILL SERGEANT**

Drill Sergeant est un ancien robot Arkeyan.
Eon fait confiance à ce bulldozer pour protéger
les Skylands grâce à ses missiles.

ÉLÉMENT
VIE

🌿 STEALTH ELF

Silencieuse et rapide, l'elfe a plus
d'un tour dans son sac ! Avec ses lames,
elle peut tout trancher en un clin d'œil.

ÉLÉMENT
AIR

🌀 JET-VAC

Ce Skylander est un combattant loyal
et redoutable ! Grâce à son arme puissante,
il maîtrise le pouvoir de l'air comme personne.

KAOS

Kaos est lui aussi un Maître du Portail, et même s'il n'est pas grand, il est très puissant. Il rêve de battre les Skylanders pour devenir le maître des Skylands. Il faut se méfier de lui !

LES **ENNEMIS**

GLUMSHANKS

Ce troll un peu maladroit n'est pas toujours très intelligent. Mais c'est le serviteur de Kaos, et il est prêt à tout faire pour lui obéir.

TOUT COMMENCE...

Vous pensez que personne ne peut battre les Skylanders ? Kaos pourrait vous prouver le contraire ! Et puis, Spyro et ses amis ont encore besoin de beaucoup d'entraînement... Heureusement, Maître Eon est là pour les guider. Car, dans les îles des Skylands, tout peut arriver !

CHAPITRE 1

DANGER AU MARAIS PUANT

Les Skylands, vous connaissez ? Des millions d'îlots volants où la magie déborde de chaque rocher, plante ou bestiole...

Chaque île est spéciale. Le Marais Puant, par exemple, n'est pas un endroit très sympathique. C'est le pays des choux pourris, des arbres desséchés

et des fruits moisis. Le coin sent carrément la vieille chaussette ! En plus, il faut se méfier des vignes-vampires qui pendent des branches et des cosses de Chompies. Les cosses ? Ça ne vous rappelle rien ? Mais si ! Ces plantes d'où sortent les Chompies. Des bestioles vertes aussi petites qu'affamées. De vrais estomacs sur pattes... avec des dents pointues... À éviter, conseil d'ami !

Pourtant, le Marais Puant fait partie du guide des 1001 endroits à voir dans les Skylands. Bizarre, n'est-ce pas ? Les gens s'y rendent pour une raison : la pêche. Comme Nort, par exemple : c'est un Mabu, et il aime tellement le poisson du Marais Puant qu'il va là-bas tous les jours depuis des années. Il supporte l'odeur et sait éviter les dangers... d'habitude.

Mais ce matin, Nort n'est pas seul... Il y a quelque chose. Des yeux immenses qui le fixent du fond de l'eau... En les apercevant, Nort tente de s'échapper

en ramant. Mais un gronde-ment se fait entendre : *croaw* !
La rivière se met à bouillonner et une énorme langue jaillit de l'eau pour attraper le pêcheur !

Quand le calme revient, la barque de Nort s'échoue sur la rive... vide.

Plus tard, sur une île éloignée de là, Spyro le dragon voit le bulldozer Drill Sergeant qui émerge de la fumée, suivi par Trigger Happy. Les deux amis sont brûlés de partout... mais pas l'horrible Goliath ! Spyro

a encore raté sa boule de feu. À la place, il a craché un torrent de flammes. Heureusement, l'ennemi n'est qu'une illusion créée pour l'entraînement.

— Bip-bip-bip. Bravo, monsieur ! se moque le bulldozer.

Pourtant, Spyro a suivi les conseils de Maître Eon.

« Concentre-toi sur la flamme. »
Il a laissé le feu grandir dans
son ventre. « Maîtrise-la... » Mais
la Flamme de l'Aube lui a encore échappé pour tout brûler
autour d'eux.

Spyro a tellement honte ! Il
essaye d'apprendre la tech-
nique depuis trois jours. Sans
succès. Lui, un Skylander sélec-
tionné par Maître Eon pour
protéger les Skylands et le reste
de l'univers... Il n'arrive même
pas à utiliser la magie du feu,
son propre élément !

Eon s'appuie sur son bâton
en souriant :

— Tu es trop dur avec toi-même…

— On recommence ! rétorque Spyro, à la fois triste et en colère.

— Reposons-nous plutôt. Nous reprendrons l'entraînement demain, répond le vieil homme.

Mais son sourire disparaît brusquement. Il ferme les yeux.

— Il y a un problème ! C'est Stealth Elf. Elle appelle d'un Portail.

Il part vers la citadelle, et Spyro se précipite derrière lui.

Les Portails magiques sont très anciens, et personne ne sait qui les a créés. Ils peuvent vous transporter n'importe où dans l'univers, mais seuls les Maîtres du Portail comme Eon (ou l'immonde Kaos) peuvent les utiliser. Quand son maître s'approche, l'immense Portail de la citadelle semble se réveiller. Ses pierres décorées se mettent à briller doucement, comme si elles étaient vivantes.

Mais Hugo entre en courant. Ce Mabu est l'assistant d'Eon, mais aussi son bibliothécaire et parfois même son cuisinier !

— Maître, c'est très imp...

— Plus tard ! coupe le magicien en commandant l'ouverture du Portail.

La lumière devient alors si intense que Spyro doit plisser les yeux pour voir la silhouette qui s'avance. Eon referme le Portail.

— Que se passe-t-il, Stealth Elf ?

— Un monstre… souffle-t-elle. Un terrible monstre !

Eon demande aux Skylanders d'aller mener une enquête. Spyro entre dans le Portail… et ressort dans le Marais Puant ! Stealth Elf le suit, armée de ses poignards en crocs de dragon. En un coup d'œil, elle est rassurée : pas de danger en vue !

— Là… indique-t-elle un peu plus loin.

Une trace est imprimée dans

la boue. Spyro n'en croit pas ses yeux : l'étrange empreinte creuse un trou si grand qu'il pourrait s'y allonger.

— Il y en a plein d'autres, commence l'elfe, toujours aux aguets. Et...

Un cri l'interrompt.

— Quelqu'un a besoin d'aide ! s'exclame Spyro en courant vers la voix.

Dans la clairière, trois Chompies poursuivent un Mabu effrayé. En les apercevant, celui-ci s'arrête.

— Ouf... des Skylanders !

Mais une Chompy en profite

pour lui planter ses longues dents dans l'arrière-train. Il repart en hurlant. Spyro et Stealth Elf échangent un regard avant de s'attaquer aux vilaines bestioles. L'elfe fait apparaître des doubles d'elle-même. Les Chompies tombent dans le panneau ! Elles foncent, la gueule grande ouverte, vers les illusions. Elles sont trop

contentes d'avoir des jambes en plus à croquer ! La vraie Stealth Elf réapparaît par-derrière et les envoie valdinguer au loin. Spyro, lui, baisse la tête et fonce sur la dernière Chompy, toujours accrochée au pantalon du Mabu. D'un bon coup de corne, il la fait voler dans les branches voisines. Finalement, la seule victime de l'attaque est… le pantalon du Mabu, tout déchiré !

— Bon débarras ! s'exclame Stealth Elf.

— Beau boulot, confirme Spyro.

Il ajoute en montrant l'empreinte géante :

— Et maintenant, occupons-nous de ce trou !

— S'il vous plaît, ne parlez pas de trou… supplie le Mabu en se cachant le derrière.

CHAPITRE 2

L'ATTAQUE DU CRAPAUD GÉANT

Quand le Mabu reprend ses esprits, Spyro lui demande :

— Comment t'appelles-tu ? Et que fais-tu ici ? Tu n'as pas l'air d'un pêcheur.

— Oh… je déteste le poisson. C'est mon ami Nort qui vient pêcher ici. Ça fait deux jours qu'il a disparu.

Spyro voit bien qu'il est très inquiet.

— On t'aidera à retrouver ton ami quand on aura résolu le mystère de ces empreintes géantes.

— Vraiment ? dit le Mabu, rassuré. Merci ! Au fait, je m'appelle Snuckles…

Au même moment, un bruit étrange les fait sursauter tous les trois. Une longue chose rose et gluante sort de derrière un arbre et vient s'enrouler autour de Stealth Elf. Impossible de la libérer !

— Qu'est-ce que c'est que ça ?!

crie Snuckles, effrayé.

Spyro ne ré-
pond pas. Un
crapaud orange
se dresse devant
lui… Il a la taille
d'un éléphant !

La créature
grimace et re-
crache Stealth Elf…

— J'ai mauvais goût ! dit-elle.

— Très drôle ! répond Spyro
en l'aidant à se relever. Éloigne
Snuckles, je vais essayer la
Flamme de l'Aube !

Mais Stealth Elf retombe par
terre et commence à ronfler.

Aussitôt, Spyro comprend à quel monstre il a affaire.

— J'ai une très bonne mémoire visuelle, explique-t-il à Snuckles. J'ai vu beaucoup de crapauds orange sur cette île.

— Beaucoup ?

Le Mabu est complètement paniqué.

— Oui, mais d'habitude, ils sont tout petits…

Spyro se souvient aussi que la bave de ces crapauds est empoisonnée, et il s'en est mis partout en touchant Stealth Elf. Il sent ses paupières devenir lourdes de sommeil… Il entend Snuckles

qui hurle, mais très, très loin.

— Au secours !

Sssschhlaaak ! La langue géante vient se coller au dos du Mabu. Au même instant, une vigne-vampire lui attrape les jambes. Snuckles est complètement bloqué, Stealth Elf dort, et Spyro, lui, lutte pour rester éveillé !

Quelle horrible journée ! pense le dragon. *Rien ne pourrait arriver de pire.*

Mais il se trompe ! Kaos, son pire cauchemar, vient d'apparaître dans la clairière…

— Ha ha ha ! Des Skylanders

qui font la sieste ! s'esclaffe Kaos en brandissant un grand bâton rouge.

— Euh… Maître ? intervient Glumshanks, le fidèle troll qui le suit partout.

Il tremble en montrant le crapaud géant.

— Il faudrait peut-être s'occuper de ce monstre…

— Tais-toi ! hurle Kaos.

Puis il continue, comme si c'était son idée :

— Et si je m'occupais de ce monstre ?

Spyro ne comprend pas. Kaos ne veut qu'une chose :

combattre les Skylanders et régner sur les Skylands. Alors pourquoi pointe-t-il son bâton sur le crapaud qui les attaque, comme s'il les défendait ? Et pourquoi Glumshanks libère-t-il Snuckles de la vigne-vampire ?

Kaos agite son bâton.

— Maintenant, horrible créature gluante, grâce à moi, Kaos, tu vas être maudite !

Aussitôt, le crapaud disparaît. Le Maître du Portail est fier de lui.

— Je suis trop fort…

Il se retourne, attend un peu, puis prend un air déçu, car personne ne l'applaudit. Au contraire, Snuckles fond en larmes.

— Nooort… gémit-il. Il était dans le ventre du crapaud…

— Nort est ton ami ? demande Kaos en s'approchant.

Alors, il tape des mains pour

faire apparaître un Portail. Un autre Mabu en sort.

— Nort ? demande Snuckles, stupéfait.

— Snuckles ? répond l'autre. Je pensais ne jamais te revoir… J'ai été mangé par un crapaud gigantesque. Et puis Kaos m'a sauvé et m'a placé en lieu sûr !

— Voyons... dit Kaos, en faisant le modeste. Je t'ai un peu aidé, c'est tout.

— Vous êtes un héros, dit Nort.

— Un véritable héros ! confirme Snuckles.

Spyro ne peut pas croire ce

qu'il entend. Tandis que les Mabus se mettent à chanter de joie, le Maître du Portail continue :

— Dites-le à tout le monde : « Kaos est un héros. Kaos est un champion. Il combat le mal partout et tout le temps ! »

Il respire un grand coup le parfum de l'orchidée qui est accrochée à son col. Oui, Kaos a délicatement attaché une jolie fleur sur sa cape... Lui qui déteste la nature ! Encore une chose bizarre que Spyro n'arrive pas à croire ! D'un coup de bâton, leur ennemi juré

renvoie les deux Mabus chez eux. Puis il fait de même avec les Skylanders, qui restent bouche bée.

En arrivant dans la citadelle, Spyro et Stealth Elf trouvent Eon, Drill Sergeant, Jet-Vac et Hugo qui les fixent d'un air curieux.

— Que s'est-il passé ? s'inquiète Eon.

— C'est Kaos… dit Stealth Elf.

— Aïe… gémit Hugo.

— Il vous a attaqués ? demande Jet-Vac.

— Pire que ça, répond Spyro. Il nous a sauvés !

Trois jours plus tard, Spyro n'est toujours pas complète-ment remis.

— Ces crapauds sont très dangereux, affirme Maître Eon. L'intervention de Kaos vous a sauvés.

— Décidément... être sauvé par Kaos, ça me gêne un peu !

Eon soupire et regarde par la fenêtre. Il a l'air vraiment vieux et fatigué.

— Peut-être qu'il veut vrai-ment devenir gentil...

Hugo entre brusquement dans la pièce.

— Maître Eon, Maître Eon !

Je dois vous parler de quelque chose de très grave. J'ai trouvé…

Mais Eon l'interrompt en levant la main.

— Ça devra attendre. Drill Sergeant a besoin d'un Portail.

Le bulldozer a été envoyé en mission dans la Forêt Gloussante, une île recouverte d'arbres qui s'amusent tout le temps. Mais quand un mouton géant y est apparu, ils ont arrêté de rire… Surtout lorsqu'il a commencé à dévorer leurs feuilles !

Le Portail s'éclaire et Drill Sergeant en sort.

— Alors ? demande Hugo. Avez-vous vu un mouton géant ?

— Bip-bip-bop. Pas vraiment.

Hugo semble rassuré : il a une peur bleue des moutons ! Il est convaincu que ces animaux font

semblant d'être bêtes et qu'ils prévoient de conquérir l'univers.

— Bop-bop-bip. Il y en avait deux.

— *Deux* ? s'exclame Hugo.

Il court hors de la pièce pour aller se cacher sous son lit. Spyro sourit en pensant aux deux petits moutons que Trigger Happy y a glissés pour lui faire une blague...

Eon tente de garder son sérieux et demande :

— As-tu pu sauver la Forêt ?

— Non, répond le bulldozer. Kaos était déjà arrivé.

— Kaos ? répète Spyro.

— Oui, monsieur.

Le dragon déteste quand Drill Sergeant l'appelle « monsieur ». Mais quand il a été construit par les anciens Arkeyans, il y a des milliers d'années, il a été programmé pour obéir. Même s'il est libre aujourd'hui, il a gardé l'habitude de s'exprimer comme s'il parlait à ses maîtres.

— Ce fichu Kaos est arrivé avec sa belle fleur épinglée sur sa cape. Il a agité son bâton rouge, et les moutons géants ont disparu. Et maintenant, les arbres de la Forêt Gloussante l'adorent.

— Chaque fois, la même histoire… dit Eon en caressant sa barbe. Hier, Kaos a fait disparaître une chenille longue de cinq mètres qui rampait dans les Champs Fleuris. Avant, il a éliminé une blatte énorme qui menaçait le Lagon Chanceux.

— À chaque fois, on arrive après lui, ajoute Jet-Vac.

— C'est vrai, conclut le Maître. Kaos est vraiment en train de devenir un héros.

Spyro ne veut pas y croire.

— Ce n'est pas possible... Il ne pense qu'à faire le mal !

Un cri retentit alors, du fond du Portail magique :

— Au secours ! Au secours !

— Ça vient du Désert des Colonnes !

Spyro sait de quelle île parle Eon : c'est un endroit mystérieux couvert de colonnes de pierre extrêmement hautes. Si hautes que personne ne sait jusqu'où elles montent !

— Un horrible mooonstre ! s'affole la voix.

— On doit y aller ! lance le dragon.

— Pas toi, Spyro, répond Maître Eon. Tu n'es pas guéri.

Drill Sergeant est déjà prêt à partir et Jet-Vac a sorti son pistolet à vide. La voix appelle toujours… mais ce n'est pas les Skylanders qu'elle attend !

— Aide-moi, Kaos. Tu es ma seule chance !

Alors, Eon change d'avis :

— D'accord, Spyro, tu peux y aller. Mais sois prudent.

Le Skylander s'élance dans la lumière du Portail, prêt à affronter le danger.

CHAPITRE 3

LE TROLL DU DÉSERT

— Attention, monsieur !

Un énorme morceau de pierre vole vers Spyro. Heureusement, Drill Sergeant a déjà fait exploser le caillou.

— Beau coup de canon ! dit le dragon.

— Merci, monsieur, répond le bulldozer.

Spyro veut lui rappeler de ne pas l'appeler « monsieur », mais un nouveau venu les interrompt.

— Quel bonheur, tu es enfin arrivé !

C'est la voix qu'ils ont entendue à travers le Portail. Spyro et Jet-Vac reconnaissent Diggs, un grand ami des Skylanders. Comme tous les Molekins, c'est un travailleur infatigable, mais il a une très mauvaise vue !

— Salut, Diggs, répond Spyro.

— Ah ! C'est toi ?

Le Molekin a l'air déçu.

— Je croyais que c'était Kaos…

— Et moi, je crois que le monstre est là ! le coupe Jet-Vac.

À côté de ce nouvel ennemi, même le crapaud du Marais Puant n'était pas si énorme. Ce monstre-là est gigantesque ! Spyro l'observe : il a l'impression de reconnaître ces grandes oreilles… C'est un troll. Un très gros troll qui traîne les pieds…

— Drill Sergeant, Jet-Vac, cette silhouette molle ne vous rappelle rien ? demande Spyro.

— Bap-bip-bop… Non, pas vraiment, monsieur.

— Mais si, regardez, on dirait Glumshanks !

Mais les amis n'ont pas le temps de discuter. Des morceaux de colonnes volent dans tous les sens, il faut les éviter !

— Alors, les Skylanders, rugit une voix. On a des problèmes ?

C'est Kaos, perché sur une colonne. Il a l'air très content de lui.

— Aujourd'hui, le héros, c'est moi ! Monstre, je t'ordonne de t'arrêter ! lance-t-il en agitant son bâton.

Le troll se fige et supplie de sa grosse voix :

— Oh non, pas Kaos ! Pas le magnifique, le grand, le très

intelligent et superbe héros des Skylands ! Je suis perduuu !

Il se retourne pour fuir et heurte la colonne sur laquelle se tient le Maître du Portail, qui perd l'équilibre.

— Espèce d'idiot ! hurle Kaos. J'ai failli tomber !

— Pardon, Maît... s'excuse le géant. Je veux dire... Grrrr ! La prochaine fois, je te réduirai en bouillie !

Kaos brandit déjà son bâton et envoie une boule d'énergie sur la créature.

« Hi hi, ça chatouille ! », entend-on. Puis le troll disparaît.

Kaos triomphe :

— Ha ! J'ai encore gagné ! Je suis le plus fort !

Mais Spyro n'est pas d'accord.

— Non, Kaos. Tu prépares un mauvais coup, on le sait tous. Je suis sûr que ce troll géant était Glumshanks…

— Ha ha ha ! Il a beaucoup grandi, alors !

Le sorcier a pris un air moqueur, mais il regarde partout autour de lui.

C'est alors que Glumshanks apparaît. Il est couvert de poussière, mais il a une taille tout à fait normale.

Kaos se retourne vers les Skylanders.

— Le voilà, votre troll géant. C'est vrai qu'il est énorme et effrayant !

Il fait un dernier clin d'œil à Spyro, puis disparaît dans un Portail. Que peut-il bien mijoter ?

— Où est Kaos ? demande Diggs derrière la colonne où il s'est caché pendant l'attaque. J'aurais voulu remercier mon sauveur…

Dans la Citadelle, Stealth Elf et Trigger Happy attendent leurs amis avec impatience.

— Alors ? demandent-ils dès que Spyro sort du Portail.

Le dragon grimace et l'elfe comprend immédiatement :

— Encore Kaos ?

— Bop-bip. Oui, répond Drill

Sergeant. Et un troll géant...

Ils sont interrompus par Hugo.

— Où est Maître Eon ? Quelque chose d'horrible...

— Si c'est encore une histoire de mouton... grogne le dragon.

— Non, regardez ! s'écrie le Mabu en montrant les fenêtres d'un doigt tremblant.

D'habitude, une chaude lumière traverse les vitres de la Citadelle et fait briller les tableaux.

Mais aujourd'hui, tout est noir dehors. Aujourd'hui, la lumière n'est plus...

Les Skylanders se précipitent à l'extérieur. Spyro n'a qu'une peur : Kaos dévoile enfin ses véritables intentions ! A-t-il trouvé le moyen de détruire le Cœur de Lumière qui fait vivre les Skylands ? La lumière réapparaîtra-t-elle un jour ? Spyro est prêt à se battre... Mais une fois dehors, ils restent tous bouche bée en regardant le ciel. Le bulldozer laisse même échapper une petite goutte d'huile, de surprise.

Un bateau flotte au-dessus de la Citadelle. Il est si énorme qu'il cache le ciel et la lumière.

Des canons, des harpons et toutes sortes d'armes sont dressés sur ses flancs.

Hugo se met à bégayer :

— Ce... ce sont les... les Bibliothécaires.

Spyro ne comprend pas :

— Des bibliothécaires ?

— Dans un vaisseau de guerre ? ajoute Stealth Elf.

— Tout à fait, confirme Eon en arrivant derrière eux. Les Guerriers Bibliothécaires des Archives Éternelles sont les gardiens du savoir. Ils protègent les connaissances interdites. Ce sont des gens puissants et dangereux.

Le vieil homme se penche vers Hugo.

— J'ai essayé de vous prévenir, Maître. Mais il y avait toujours Kaos… pleurniche l'assistant. J'ai oublié de rendre un livre emprunté à la Bibliothèque il y a des années…

— Les livres des Archives Éternelles ne doivent jamais sortir des Archives… Donne-le-moi ! ordonne le Maître du Portail.

Les Skylanders sont inquiets. Quel est ce mystérieux livre ?

Un livre de sorts ? Même pas ! Ce froussard de Hugo a seulement gardé *Les 101 façons de se débarrasser des moutons…*

Des cordes tombent sur le sol, suspendues au navire.

— Au secours ! gémit le Mabu. Ils viennent me punir...

Trois Guerriers descendent du bateau dans des armures impressionnantes qui luisent dans la pénombre. Sur le torse, ils portent fièrement le blason des Archives Éternelles. Ils s'avancent en silence, les armes à la main. Personne ne parle. Personne ne bouge.

Maître Eon accueille les visiteurs :

— Bienvenue, Guerriers.

Le chef fait un pas. Ses doigts se plient sur son épée, puis il se touche le torse. On entend un faible « pschitt » et son blason métallique se soulève.

Du cœur de l'effrayante armure s'élève une toute petite voix :

— Content de vous revoir, Maître Eon.

— Et moi donc ! répond Eon en souriant. Soyez le bienvenu, Conservateur en chef Wiggleworth !

Spyro et Stealth Elf sont très surpris : un vieux ver de terre gris est installé dans la poitrine du Guerrier. Il porte… une barbe blanche et des lunettes ! Les deux armures à ses côtés s'ouvrent sur d'autres vers.

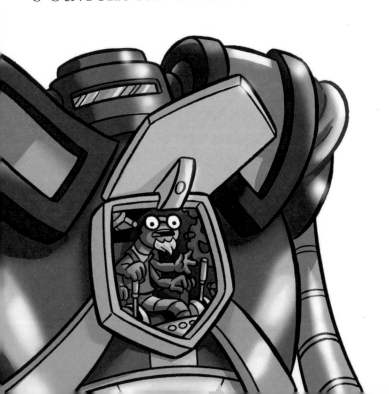

—Je crois que mon assistant Hugo vous doit quelque chose… commence Maître Eon.

— Ce vieux bouquin ? répond Wiggleworth sans même regarder le livre. Il est très mauvais. Gardez-le.

Le Bibliothécaire semble beaucoup plus intéressé par Spyro.

— Eon, demande-t-il en regardant le Skylander, est-ce bien lui ?

Le Maître du Portail hoche la tête, très fier.

— Spyro le dragon, je suis ravi de te rencontrer, continue

le Conservateur. Nos livres parlent de tes exploits. Du passé, du présent... et du futur !

Spyro ne sait pas comment réagir au compliment. Autour de lui, ses amis sont déjà un peu moqueurs et font semblant de s'incliner devant lui.

Le ver reprend d'un air très sérieux :

— Tu es un courageux guerrier, et nous allons avoir besoin de héros comme toi. Les Archives Éternelles sont en danger. Seuls les Skylanders peuvent nous sauver.

Debout à l'avant du bateau volant des Guerriers Bibliothécaires, Spyro admire le paysage. L'embarcation est si grande qu'elle pourrait contenir la Citadelle tout entière !

Un Bibliothécaire s'approche dans une série de sifflements mécaniques. Dans l'armure, Wiggleworth, le Conservateur en chef, s'adresse au dragon et à Stealth Elf :

— Nous arrivons, dit-il en tendant son bras de métal. Voici les Archives Éternelles.

Les Skylanders ont le souffle coupé : d'immenses tours de marbre se dressent dans le ciel. Des bijoux sont incrustés dans les murs, et le symbole qui orne le blason des Guerriers est gravé partout. C'est une sorte de huit qui représente l'éternité.

— Tous les livres du monde sont conservés ici, explique Wiggleworth. Les plus dangereux sont gardés en lieu sûr, dans les profondeurs des Archives.

Spyro pense à Kaos, qui aimerait sûrement s'emparer de ces livres maudits...

Puis Drill Sergeant et Jet-Vac arrivent sur le pont, et les Skylanders regardent par-dessus bord. En plein milieu du jardin des Archives, il y a une énorme... gigantesque... monstrueuse cosse de Chompies !

CHAPITRE 5

LES CHOMPIES GÉANTES

La plante fait la taille d'un immeuble de huit étages.

— Nous devons l'abattre avant que des Chompies en sortent ! s'écrie Spyro. Sinon…

Le Conservateur en chef continue :

— Sinon, des Chompies géantes ravageront les Archives

en quelques minutes. Le risque est immense, surtout avec les livres dangereux qui sont au fond de la cave.

Mais la cosse commence déjà à se balancer doucement...

— Ça ne va pas tarder, remarque Stealth Elf.

— Alors, plus de temps à perdre ! répond Spyro.

Le dragon a un plan : les Bibliothécaires vont attaquer le pied de la cosse avec toutes leurs armes, et Drill Sergeant avec ses missiles.

— Stealth Elf, invoque tes Lames de l'ombre ! Jet-Vac, arme

ton pistolet à vide !
Et toi, Trigger
Happy, prépare
tes revolvers.

Tout le monde
est prêt !

— Feu ! crie Spyro.

Des détonations retentissent
et des flammes crépitent dans
l'air. Spyro lance des boules
de feu… mais rien ne se passe.
La cosse n'a pas une égratignure !

— Tu as un plan B ? Ou
même des plans C et D ?
demande Jet-Vac.

— Rien du tout, répond le
dragon. Si tu as une idée…

Un grand frisson parcourt la cosse de Chompy… et *crac !* Quatre énormes boules vertes s'échappent de ses feuilles.

Les Chompies s'élancent, toutes dents dehors. La première déracine les arbres du jardin les uns après les autres. La deuxième s'attaque au vaisseau des Bibliothécaires. Quant aux deux dernières, elles foncent vers les Archives !

— Bip-bop-bip. Mes missiles ne fonctionnent pas, s'inquiète le bulldozer.

— Spyro, au secours ! appelle Stealth Elf.

L'elfe est coincée sous le pied d'une Chompy. Elle a besoin d'aide ! Le dragon s'envole le plus haut possible, puis plonge vers le sol. Il cogne son ennemie de plein fouet… et rebondit au loin. La Chompy est trop grande, trop lourde. Spyro essaye de tirer son amie de sous le monstre, toujours sans succès. Le vide fabriqué par le pistolet de Jet-Vac ne fonctionne pas non plus. Il reste une dernière solution…

Le dragon commence par battre des ailes pour s'élever au

niveau des yeux de la Chompy.

— Hé ! Grosse plante à dents !
Par ici…

La Chompy pousse un rugis-
sement qui fait trembler toute
l'île. Spyro attire le monstre
pour libérer Stealth Elf. Puis il

aspire un très grand coup et laisse l'air chauffer dans ses poumons. En retenant son souffle, il sent la flamme grandir dans son ventre. Cette fois, il ne faut pas manquer son coup... Maintenant ! Il crache sa Flamme de l'Aube sur la Chompy géante, dans une lumière aveuglante. La Chompy hurle encore, mais de douleur : elle brûle ! Elle s'éloigne en zigzaguant vers le bord de l'île et bascule dans le vide.

Spyro atterrit près de Jet-Vac, Trigger Happy et Stealth Elf, qu'il aide à se relever.

— La prochaine fois que tu craches du feu, préviens-moi à l'avance, râle l'elfe. Je fermerai les yeux !

À ce moment précis, les quatre Skylanders voient une autre Chompy qui fonce vers eux... la gueule grande ouverte !

Drill Sergeant décide de braver le danger.

— Bop-bop-bop... Ça ne va pas se passer comme ça !

Il fixe ses chenilles mécaniques par terre et oriente ses canons vers le sol. Puis il tire à pleine puissance. L'explosion

est telle qu'il est projeté en l'air.
Et vlan ! Sa carcasse de métal
s'écrase sur la bouche de la
Chompy, qui casse et perd ses
dents sous le choc.

Quelques instants plus tard, les quatre amis se relèvent... secoués, mais vivants, et en un seul morceau !

— Merci, Drill Sergeant ! s'exclame Spyro. Je n'avais pas envie de finir en casse-croûte !

Mais le sourire du dragon disparaît. La Chompy blessée s'est effondrée contre un mur des Archives : une brèche s'est ouverte, et les deux derniers monstres y entrent, prêts à croquer tout ce qu'ils trouveront !

Tous les Guerriers Bibliothécaires sont blessés, et les Skylanders ont tout essayé

pour vaincre les Chompies. Désespéré, Spyro s'écrie :

— Nous avons besoin d'aide !

— J'ai cru que tu ne me le demanderais jamais… répond derrière lui une voix familière.

C'est Kaos, bien sûr, accompagné de son fidèle Glumshanks ! Il agite son bâton, et en un éclair, la Chompy blessée disparaît…

Mais les deux autres monstres continuent leur chemin dans les Archives.

— Cher Conservateur en chef, vous souvenez-vous de moi ? demande Kaos.

Wiggleworth ne comprend pas. Il est surtout préoccupé par ses précieux livres…

— Quand j'étais enfant, poursuit le diabolique Maître du Portail, vous m'avez interdit d'emprunter deux livres : *La Conquête du monde pour les débutants*, et *Être diabolique en 10 leçons*.

— C'est vrai, et j'ai eu raison. Ces livres ne doivent pas quitter les Archives.

Le magicien pointe du doigt les Chompies, qui se mettent à flotter au-dessus du sol.

— Les Archives interdites

que ces monstres s'apprêtent à dévorer, c'est ça ? D'ailleurs, seule ma magie les retient...

— Merci, dit Wiggleworth, merci beaucoup. Je ne vous remercierai jamais assez !

Un sourire mauvais se dessine sur le visage du magicien.

— Parfait, alors vous ne me refuserez pas quelques livres ? Glumshanks !

Le troll apporte au Bibliothécaire une liste écrite par Kaos.

— Mais c'est du chantage ! proteste Spyro.

— Non, petit dragon, lui répond Kaos. C'est un échange !

Wiggleworth secoue la tête, effaré en lisant les titres que réclame Kaos.

— C'est trop dangereux, je ne peux pas accepter.

Le Maître du Portail soupire et lève les yeux au ciel.

— Alors, tant pis pour vous ! À vous, les Chompies… Ha ha ha !

Il brise son sort et les deux monstres retombent à terre, prêts à attaquer…

CHAPITRE 6

LA DÉFAITE DE KAOS

Les Chompies s'élancent vers les Archives, leurs grosses bouches grandes ouvertes. Spyro est désespéré : qui, à part l'ignoble Kaos, pourrait arrêter ces monstres ?

Au milieu de la bataille, le dragon aperçoit soudain une petite Chompy… Enfin, une Chompy

de taille normale ! Il remarque que ses dents sont cassées, et ça lui rappelle quelque chose… Tout à coup, il comprend : c'est la Chompy dont Drill Sergeant a fracassé la mâchoire ! Kaos ne fait pas disparaître les monstres géants, il leur rend seulement leur taille normale. Et s'il peut les faire rétrécir, c'est aussi lui qui a dû les agrandir !

— Stealth Elf ? Peux-tu attraper le bâton rouge de Kaos ? demande le dragon.

L'elfe se précipite sur Kaos et lui arrache son sceptre. Il hurle :

— Mon bâton !

— Agrandis-moi ! crie Spyro.

Stealth Elf a compris : c'est le sceptre qui faisait tout. Elle le pointe vers Spyro.

D'un coup de bâton magique, le dragon devient deux fois plus grand que les Chompies géantes ! Vite, il attrape la première bestiole et la jette hors de l'île !

Mais Kaos a déjà récupéré son arme et en a profité pour réduire Stealth Elf, et la réduire encore… On dirait une grosse fourmi ! Il se tourne vers Spyro, menaçant… Mais avant d'avoir pu lever son bâton magique, il se met à sautiller sur place.

— Aïe ! Ouille ! Aïe-aïe-aïe… Ça fait mal !

La mini Stealth Elf a planté ses poignards en dents de

dragon dans la cheville du magicien.

— Glumshanks, ordonne-t-il, retire-moi ça très vite !

— Encore des échardes ? Vous pourriez faire attention… grommelle le troll, penché sur les pieds de son Maître.

Spyro se bat toujours contre la dernière Chompy. De son côté, Drill Sergeant s'approche de leur ennemi juré.

— Bop-bip-bip ! Vous avez perdu quelque chose, Kaos ?

Les yeux du magicien s'agrandissent de terreur. Et qu'est-ce qui peut terrifier quelqu'un

d'aussi laid et méchant que Kaos ? Un bulldozer Arkeyan qui fonce droit sur lui à pleine vitesse, bien sûr ! *Craaaccc !* Drill Sergeant roule sur le bâton et le casse.

— Ouupss… fait le bulldozer.

Un éclair illumine le ciel, et tous reprennent alors leur taille normale.

— Qu'est-ce que vous avez fait… ? gémit Kaos, la tête entre les mains.

— On t'a battu ! répond Jet-Vac en riant.

— C'était donc ça, ton plan… grogne Spyro. T'entraîner à agrandir des crapauds ou des chenilles et te faire passer pour un héros… avant de venir faire du chantage aux Bibliothécaires !

— Nous ne t'aurions jamais donné nos livres dangereux, remarque le Conservateur en chef, dans sa grosse armure cabossée.

Les gardiens des Archives et les Skylanders entourent Kaos,

tandis que Glumshanks tente de se cacher derrière son maître.

— Tu crois avoir gagné, dragonnet ? demande Kaos.

— Je crois que oui… répond Spyro en souriant.

— Eh bien, tu as tort ! crie le Maître du Portail d'une voix tout à coup très aiguë.

Il plonge le nez dans l'orchidée toujours épinglée à son col, puis reprend calmement :

— Tu as tort et tu es maudit ! Maudit !

Le magicien tape dans ses mains, fait apparaître un Portail et attrape Glumshanks. En une

seconde, ils ont tous les deux
disparu.

Le lendemain, les Guerriers
Bibliothécaires et tous les
Skylanders reconstruisent
ensemble les murs des Archives
Éternelles, aidés par Maître
Eon. Seul Spyro s'est éclipsé
et profite du soleil pour se
réchauffer les ailes.

Eon apparaît et félicite le dragon d'avoir battu les Chompies
et Kaos.

— C'était un travail d'équipe,
précise Spyro.

— C'est une grande force de partager sa gloire, remarque le Maître des Skylanders. Allons-y, maintenant, Wiggleworth a demandé à te voir.

La cave est quasi inaccessible et très bien protégée. Il faut descendre dix-sept étages et passer treize lourdes portes à barreaux avant d'y arriver.

— Je n'étais pas venu ici depuis... des siècles, murmure Maître Eon.

— Moi-même, je ne descends presque plus jamais, ajoute Wiggleworth.

Puis il explique :

— Derrière cette porte sont conservés nos livres les plus dangereux.

— Ceux que Kaos voulait prendre ? devine Spyro.

— Exactement, confirme le Bibliothécaire en tapant un très long code sur le clavier de la porte.

Maître Eon entre le premier, puis s'arrête devant un pupitre. Un vieux livre relié de cuir est posé dessus.

— C'est bien ce que je craignais… murmure-t-il.

— Spyro, voici le légendaire *Livre du Pouvoir*, continue le

vieux Bibliothécaire. Kaos voulait s'en emparer car il contient des prophéties effrayantes.

— Quel genre de prophétie ? demande le dragon.

— Celle qui annonce la défaite des Skylanders, Spyro. Et *ta* défaite !

À suivre...

Retrouve tes Skylanders dans la suite de leurs aventures !

GILL GRUNT
ET LES PIRATES

C'est sûr, Kaos prépare un mauvais coup !
Les Skylanders déchiffrent l'énigme
du *Livre du Pouvoir*, mais au même
moment, quelque chose de très étrange
se passe sur l'île des Eaux Profondes...

C'est une mission pour Gill Grunt !

TABLE

PAPIER À BASE DE
FIBRES CERTIFIÉES

hachette s'engage pour
l'environnement en réduisant
l'empreinte carbone de ses livres.
Celle de cet exemplaire est de :
300 g éq. CO_2
Rendez-vous sur
www.hachette-durable.fr

Photogravure Nord Compo - Villeneuve d'Ascq

Imprimé en Espagne par CAYFOSA
Dépôt légal : juillet 2013
Achevé d'imprimer : mars 2014
20.3658.0/04 – ISBN 978-2-01-203658-1
Loi n° 49956 du 16 juillet 1949
sur les publications destinées à la jeunesse